SACHER MASOCH

L'AMOUR CRUEL A TRAVERS LES AGES

LA

PANTOUFLE DE SAPHO

et autres Contes

Traduit par D. DOLORÈS

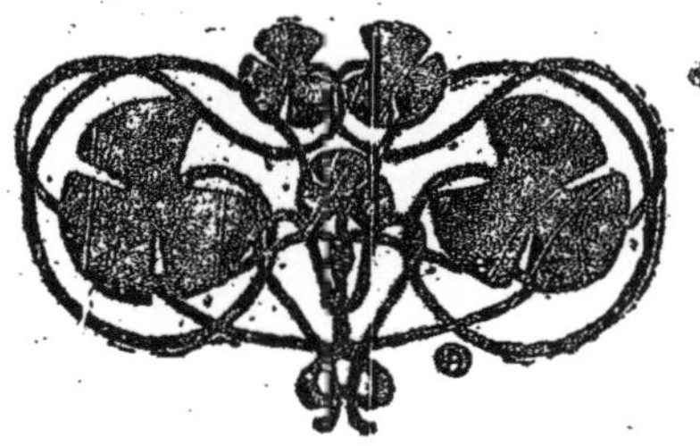

PARIS

CHARLES CARRINGTON, LIBRAIRE-ÉDITEUR

13, Faubourg Montmartre, 13

1907

LA PANTOUFLE DE SAPHO
(1859)

LA PANTOUFLE DE SAPHO
AUTRES CONTES
CHARLES CARRINGTON,
Libraire-Éditeur
13, Faubourg Montmartre, Paris

La Czarine Noire et autres contes. **L'Amour cruel à travers les âges,** par SACHER MASOCH. — 1 vol. in-18 jésus . . . . **5 fr.**

Tortures et Tourments des Martyrs Chrétiens. Traité des Instruments de Martyre et des divers Modes de Supplices employés par les païens contre les chrétiens, par le Révérend Père ANT. GALLONIO. — Un fort beau vol. pet. in-4º avec 46 planches . . . . . **20 fr.**

La Porte du Baiser, traduit de l'anglais de J. W. HARDING, par F. BOUTET, préface de M. le Comte Robert DE MONTESQUIOU. — Un vol. in-18 jésus, couv. illustrée, dessins hors texte . . . . **3 fr. 50**
 « *La Porte du Baiser* illustre l'une des épopées les plus intéressantes de l'histoire du peuple d'Israël : la guerre entre Ezéchias et Sennachérib, le terrible roi de Babylone. »

Le Beau Nègre, par HECTOR FRANCE. — Nul mieux que M. H. FRANCE ne pouvait peindre cette intensité de couleur, les paysages tropicaux où se joue ce drame véridique. Nul ne pouvait analyser, avec cette finesse et cette sûreté, les passions ardentes dont sont agités les personnages de ce livre plein de vie. La couverture, tirée en couleurs, est de L. MALTESTE, les illustrations sont de G. DOLA. — Un vol. in-8º . . **3 fr. 50**

Pan Michaël **(Messire Volodyovski)** par HENRYK SIENKIEWICZ, auteur de « *QUO VADIS* ». — Un fort vol. in-18 jésus de 600 pages. 10 dessins hors texte de M. VAN MAELE, couv. illustrée . . . . **3 fr. 50**
 Pan Michaël, qui clôt magnifiquement la trilogie consacrée à l'histoire de la Pologne du temps de Sobieski, ne le cède en rien aux ouvrages qu'il complète : *Par le Fer et par le Feu* et *Le Déluge*.

Au-delà des Portes, par E. STUART-PHELPS. Ouvrage consacré à la vie d'outre-tombe. Traduction française et préface de CH. GROLLEAU. — Un vol. in-12, couvert. illustrée . . . . **3 fr. 50**

Les Quatrains d'Omar Khayyam, traduits du persan et publiés avec une introduction et des notes par CH. GROLLEAU. — 1 vol. pet. in-4º, papier de Hollande, cadres de style persan tirés en rouge, couv. rempliée, titre or en relief. Tirage limité à 500 ex. numérotés . . . . **10 fr.**

La Destinée de l'Homme, par JOHN FISKE. Traduction et préface par CH. GROLLEAU. — Un vol. in-12 oblong . . . . . . **4 fr.**

LA PANTOUFLE DE SAPHO
(1859)

L'hiver de 1859 étendait son blanc et floconneux tapis de neige sur les remparts de la joyeuse capitale autrichienne et, aux environs, sur les coupoles du Kahlenberg et du Leopoldsberg. Le monde brillant et aristocratique était rentré des eaux et de ses terres, et l'on s'amusait, dans les salons privés, ainsi qu'aux lieux de réjouissances publiques, simplement et gaîment, comme cela n'était guère possible, alors, que dans la ville impériale, résidence de l'empereur Franz.

Mais le point culminant des distractions et des plaisirs, comme de l'intérêt artistique et littéraire, était encore et toujours le Burgthéâtre, institution populaire au sens le plus élevé, où les aspirations idéales de l'élite de la nation se joignaient aux efforts les plus nobles, car une censure hautement sagace rognait les ailes fougueuses du Pégase autrichien, et la vie politique n'agitait encore que la Hongrie avoisinante, ne se manifestant guère que par les paroles, les chansons et les actes des compagnonnages allemands et de quelques étudiants des universités de Vienne ou de Prague.

Entre le public et les acteurs, régnait une véritable intimité, car les Viennois de cette époque ne se contentaient pas d'admirer l'artiste sur la scène ; ils le suivaient dans sa vie journalière et jusque dans sa demeure, non pour épier un scandale et s'amuser des vices des protagonistes chargés d'incarner les rêves héroïques ou spirituels des poètes, comme cela a lieu de nos jours, mais avec le naïf désir de voir la pâle Louise assise à sa table à thé, d'entendre la rêveuse Charlotte potiner en buvant du café, de surprendre la fière princesse Eboli en train de tricoter des bas ou le vaillant chevalier Goetz de faire sa partie de tarok. Le public viennois était au courant de tout ce qui se passait derrière les coulisses. Il connaissait le nom de chaque adorateur de la Stich ; il savait toujours, à n'en pas douter, quel soir Korn était plus rauque que de coutume et en quel lieu il avait bu le champagne responsable, et, lorsqu'enfin Sophie Schrœder monta, tel un soleil, au firmament de l'art dramatique, faisant pâlir toutes les étoiles, il ne tomba pas une épingle dans le boudoir de la tragédienne sans que le Tout-Vienne en fût informé, depuis le chancelier d'Etat jusqu'à l'apprenti cordonnier, depuis le cocher de fiacre jusqu'à l'empereur.

L'intérêt que prenait la ville entière à la personnalité de Sophie était de nature exclusivement artistique, bien que partant d'un sentiment très humain, car la Schrœder n'était ni belle ni même élégante.

Mais, quand elle paraissait drapée à la grecque, sur les planches, quand sa superbe voix laissait tomber les ondes mélodiques de la langue rythmée, quand son génie invoquait des figures d'une vérité saisissante et d'une dignité surhumaine, elle entraînait les cœurs, comme jamais aucune artiste ne l'avait fait. A ces moments, elle devenait belle, d'une beauté antique et qu'on eût crue sortie d'un sarcophage ancien.

Sophie n'était pas grande, mais elle avait ce port

de tête imposant que possédait avant elle l'auteur du *Faust*, et qui la faisaient paraître plus haute qu'elle ne l'était en réalité.

Il n'était pas une grande dame, pas une souveraine, qui ne lui eussent envié sa distinction native et l'empire qu'elle exerçait sur les mortels. Elle semblait née pour voir un peuple à ses pieds, tant son regard était dominateur.

Sa situation matérielle eût pu être brillante, mais ne l'était point, parce qu'en vraie fille de l'art, la Schrœder n'entendait rien aux choses pratiques, et sa délicatesse s'opposait à ce qu'elle se laissât entourer, par ses adorateurs, de ce luxe princier que possèdent de nos jours les plus insignifiantes comédiennes.

Sophie avait une idée trop haute de l'amour, de l'art et d'elle-même, — surtout d'elle-même, — pour se faire payer ses faveurs avec des diamants. Si elle souriait à un homme, ce sourire partait du cœur, et si elle consentait à l'enivrer, elle voulait être elle-même heureuse de toute son âme. La courtisanerie qui engendre le dégoût et dont, à l'heure actuelle, souffre et se meurt l'art dramatique, lui était complètement inconnue.

Il était donc naturel que, ses fiers sourcils ayant décoché une fois de plus les flèches d'amour dans un cœur, elle fût la dernière à en être informée. On se chuchotait la nouvelle dans les loges, on en parlait dans les fauteuils, on en riait en se poussant du coude, au parterre et aux galeries, alors qu'elle-même ne savait rien encore du noble captif qu'elle avait fait.

En l'année 1859, le public du Burgthéâtre remarqua un jeune homme qui, chaque soir où la Schrœder jouait, occupait le fauteuil du coin de gauche au premier rang, dont le regard, sitôt qu'elle paraissait, s'attachait avec une émotion fiévreuse à tous ses mouvements, et dont l'enthousiasme était si entraînant que, maintes fois, il oubliait les lois du théâtre pour applaudir au milieu d'une scène. Tout Vienne savait depuis longtemps que c'était un prince polonais, colossalement riche et épris d'une délirante passion pour la tragédienne, avant que la Schrœder se doutât seulement de l'existence de cet heureux malheureux.

Un jour qu'elle attendait en scène le commencement du premier acte, Sophie remarqua quelques comédiennes qui examinaient la salle à travers le trou du rideau, et entendit le colloque suivant :

— Le voilà encore.

— Qui cela ?

— Le soupirant muet de la Schrœder.

La Schrœder s'approcha pour mieux écouter.

— Fais-le-moi voir. Où donc est-il ?

— Là, dans le coin de gauche, au premier rang.

La Schrœder, cette fois, en savait assez et, quand le rideau fut levé, elle profita d'une réplique, pour chercher des yeux l'inconnu.

Quinze jours se passèrent avant qu'elle n'apprît son nom. Il était effectivement polonais et fort riche, mais il n'était point prince, un simple gentilhomme, Félicien de Wasilewski.

Depuis ce jour, Sophie le remarqua chaque fois qu'elle jouait, et elle apprit que, tout aussi régulièrement, il demeurait absent quand elle ne jouait point.

Au bout de peu de temps, une entente tacite s'établit entre la tragédienne et son admirateur. En entrant en scène, son premier regard était pour lui, de même son dernier coup d'œil avant de sortir. Si une tirade lui réussissait particulièrement, le Polonais hochait imperceptiblement la tête et ce léger mouvement n'échappait point à l'artiste. Quand, à l'issue de la représentation, elle montait dans le carrosse du Burgthéâtre, surnommé ironiquement le *Chariot de Thespis* parce qu'il résonnait avec un bruit de ferraille sur le pavé cahoteux de l'antique ville, le Polonais se trouvait à la porte de sortie, la dévorant de ses yeux ardents, bien qu'il ne pût apercevoir d'elle que le bout de son nez, tout le reste étant emmitouflé de fourrures et de voiles.

Un soir qu'elle venait de remplir un de ses meilleurs rôles, elle était assise et prête à fermer la portière, quand une superbe couronne de lauriers vint s'abattre à ses pieds.

Le Polonais la lui avait jetée et s'était aussitôt enfui.

Ce mystérieux et craintif hommage, en ce lieu solitaire et sous le couvert de la nuit, toucha le cœur sensible et poétique de la tragédienne plus que les ovations bruyantes et impétueuses à la lumière des lustres et dans la salle comble.

La Schrœder commença à s'intéresser au jeune homme et à se demander si elle pourrait l'aimer?

Une autre fois, le dégel était survenu ; des cascades ruisselaient des gouttières et des torrents

1*

mugissaient le long des trottoirs. La Schrœder hésitait à enjamber les flaques d'eau qui la séparaient du lourd véhicule. Le Polonais fut aussitôt sur place, étendit son manteau sur le pavé, et elle put atteindre sa voiture, les pieds secs.

Cet exploit chevaleresque remplit de joie l'artiste, mais quand elle se pencha pour remercier son cavalier-servant, celui-ci, ramassant son manteau, s'était éclipsé.

*
* *

Grillparzer que son drame romantique de l'*Aïeule* avait placé parmi les dramaturges favoris de l'Allemagne, au temps où la tragédie du ¿Destin empruntée au théâtre espagnol, était de mode comme, de nos jours, le drame d'adultère français, venait de confier au Burgthéâtre une nouvelle pièce, intitulée *Sapho*. Quittant les abruptes sentiers romantiques, il reprenait la large voie classique où Schiller et Gœthe, après plus d'un écart, s'étaient également retrouvés. Le rôle de Sapho avait été écrit, non à la manière de nos ouvriers modernes, qui ajustent leurs rôles sur les acteurs, comme un tailleur ajuste un costume,

— Grillparzer était poète dans l'âme et c'est du fond de son être qu'il tirait ses héros — mais, pas plus que le reste du monde, il ne pouvait échapper à la puissante influence de la Schrœder, ni se dérober à l'impression grandiose qu'elle produisait, et le rôle de son héroïne avait pris, à son insu, les traits et l'allure de la tragédienne à qui naturellement il incombait.

Le matin de la répétition de lecture, tandis que la pure et idéale diction de Sophie enthousiasmait ses camarades et remplissait le cœur modeste de l'auteur d'un glorieux espoir dans succès futur, au coin de la place Saint-Michel et du marché aux choux, se tenait une femme pauvrement vêtue, qui cachait son visage sous le fichu passé sur sa tête. Elle semblait avoir honte, pourtant elle ne mendiait point et se serrait, inquiète, contre la muraille, en tremblant de tous ses membres, car il faisait un froid impitoyable et elle ne portait qu'une robe d'été rapiécée sous son vieux fichu.

Pourtant elle ne mendiait point. Elle n'essayait même pas de tendre la main quand un grand seigneur ou une élégante dame, confortablement emmitouflés de fourrure, passaient auprès d'elle. Aussi, personne ne la remarquait, pas même le sergent de ville qui faisait les cent pas non loin de là.

La pauvre vieille, plus morte que vive, ressemblait à une de ces statues de pierre que le pieux Moyen Age incrustait dans les murailles de ses églises en souvenir des défunts. Elle était tout aussi muette et privée de mouvement. Mais, quand les comédiens, après la répétition, sortirent par la petite porte du théâtre et se répandirent sur la place, une violente commotion fit tressaillir le corps de la pauvresse. Elle soupira et sa tremblante main, raidie par le froid, serra plus fort contre son visage ravagé par l'affliction, le fichu qui le couvrait.

Les acteurs se séparèrent au milieu de la place en échangeant d'aimables saluts, et Sophie Schrœder se dirigea seule vers l'endroit où tremblait la vieille. Elle traversait le marché pour se rendre au Graben et, l'esprit tout rempli de son rôle, allait passer, comme tout le monde, si un hasard ne l'eût arrachée à ses pensées et attiré son attention.

— Vous perdez quelque chose, lui dit une voix rauque qui semblait brisée et dont, cependant, le timbre lui parut familier.

Se retournant, elle vit la main décharnée de la vieille lui tendant le rôle qu'elle avait laissé glisser de son manchon.

Sophie Schrœder, surprise, considéra la pauvre femme.

— Qu'avez-vous ? lui dit-elle de sa merveilleuse voix, vous paraissez bien pauvre et malheureuse. Pourquoi me cachez-vous votre visage comme s'il m'était connu ?

La vieille femme étouffa un sanglot et voulut s'éloigner. La Schrœder, de son bras robuste, la retint et, doucement, écarta le fichu.

— Mon Dieu, balbutia-t-elle en découvrant le visage défait, c'est vous, ma chère Muller ? Vous, dans cette situation ? Dois-je trouver la belle artiste, aux pieds de qui se prosternaient les comtes et les princes, réduite... à mendier !

— Je n'ai pas mendié, murmura la vieille, tandis que des larmes brûlantes coulaient le long de ses joues émaciées. Je suis seulement restée debout dans ce coin.

» C'est la première fois, j'avais si affreusement faim, mais personne ne m'a rien donné et je mourrais plutôt que de recommencer.

— Je ne veux pas que vous recommenciez, s'écria Sophie. C'est moi qui vais...

La tragédienne ouvrit sa bourse, mais l'intérieur de cette bourse offrait un spectacle bien triste ou bien risible, comme on voudra. La grande Sophie eut de la peine à rassembler vingt kreuzer, qu'elle glissa dans la main de la vieille tout en lui montrant sa bourse vide.

— Voyez, chère Muller, je ne possède rien moi-même. Il n'en va pas autrement avec nous autres comédiens, si quelques marchands ne me faisaient crédit, je serais souvent bien embarrassée pour m'habiller. Mais cette bagatelle ne vous tire pas d'affaire.

— Mais si, mais si, murmura la comédienne en serrant la main de sa camarade.

— Non, non, il vous faut beaucoup plus. Comment ferons-nous ?

Sophie se mit à réfléchir. Des badauds de tous rangs s'étaient rassemblés autour des deux femmes, car la curiosité des Viennois est notoire. Tout à coup, la Schrœder fendit le groupe. Une belle et heureuse inspiration venait d'illuminer sa physionomie d'habitude austère. Elle entra précipitamment dans une boutique de confiseur et en revint, une assiette à la main. C'est moi qui mendirai pour vous, Muller, dit-elle avec ce sourire qui lui ouvrait tous les cœurs.

Effectivement, elle se plaça à côté de la vieille actrice et tendit l'assiette.

— Une aumône pour une malheureuse, je vous prie, la charité pour une pauvre comédienne âgée.

En quelques secondes, l'assiette se couvrit de pièces d'argent et de cuivre de toutes sortes. Mais cela ne satisfît pas la quêteuse. Quand Sophie se mêlait de quelque chose, elle voulait que ce fût bien, et elle ne se lassa pas de prier et de tendre l'assiette. Les passants, qui apercevaient la Schrœder, dans sa pelisse brune bien connue, entourée d'une foule de curieux, s'arrêtaient et se frayaient un chemin jusqu'à elle. Grands seigneurs et grandes dames jouaient des coudes et se mêlaient à la foule, pour le plaisir de déposer une bank-note dans l'assiette que tenait la main de la célèbre femme, jusqu'au policier, qui approcha, les sourcils froncés, et s'effaça en reconnaissant la Schrœder.

— La mendicité est interdite sous peine d'amende, grommela-t-il respectueusement dans sa moustache noire, mais non aux comédiens impériaux et royaux.

— Mon Dieu, que vous êtes bonne, soupira la vieille. Que Dieu vous le rende ! moi je ne le puis, c'est trop, beaucoup trop.

Enfin la Schrœder elle-même se déclara satisfaite. Elle souleva le pan du fichu de la vieille et, d'un geste hardi, y jeta pêle-mêle les bank-notes, les pièces d'argent et les monnaies de cuivre, lorsqu'au moment de rapporter l'assiette, elle dut la tendre une fois encore : son adorateur, le gentilhomme polonais, surgit inopinément, la tête découverte, offrant un billet de 50 florins.

Un regard rayonnant de la femme adorée fut sa récompense.

— Cela suffira bien pour quelque temps, n'est-ce pas, Muller ? dit la tragédienne en se tournant une dernière fois vers sa camarade. Puis, tu reviendras, n'oublie pas, Muller, promets-moi de ne pas oublier !

Mais les badauds de Vienne n'abandonnèrent pas aussi facilement leur comédienne favorite. Ils l'escortèrent au delà du marché aux chevaux jusqu'au Graben, où elle dut se réfugier sous la voûte de la « Chatte » jusqu'à ce que la foule se fût dispersée.

Chemin faisant, Sophie ne put s'empêcher de repenser au Polonais.

« Il m'intéresse, s'avouait-elle. Il est beau, ses manières sont nobles et il a certainement bon cœur. Mais je ne suis pas dans l'âge où l'on recherche les adolescents !

Il n'est pas assez viril, il lui manque d'être un homme et, à moi, d'être Sapho. Je pourrais difficilement l'aimer. Et lui ? Espérons qu'il sera raisonnable et ne se jettera pas dans le Danube. »

*
* *

L'Autriche ne possédait encore, à ce moment, aucune littérature digne de ce nom et qui méritât de fixer l'attention de l'Europe. Les œuvres dont on s'occupait dans la ville impériale, étaient d'importation étrangère, comme Frédéric Schlegel et Zacharie Werner. L'empereur Franz, qui eût volontiers entouré son trône nouvellement redoré après tant de difficultés et de luttes, de noms illustres et glorieux, témoigna une joie qui ne lui était pas habituelle en des circonstances de ce genre, en apprenant que l'auteur de l'œuvre qui venait de triompher à la Burg, était un Autrichien. Il le fit venir dans sa loge, lui tapa familièrement sur l'épaule et prononça toutes sortes de paroles aimables, dans le débonnaire dialecte viennois. Mais lorsque, s'enquérant des conditions du poëte, il apprit qu'il était fonctionnaire, l'Empereur arrêta net l'entretien et lui tourna le dos. A ses yeux, quand on servait l'État, écrire autre chose que des actes officiels constituait un délit. Aussi Grillparzer que la critique viennoise traitait sans bienveillance, n'eut, après comme avant, d'autres ressources que son talent et la faveur du public. Celle-ci, d'ailleurs, ne lui fut point ménagée ; l'*Aïeule* fut acclamée avant que les gazettes eussent eu le temps de formuler leur avis, et non moins chaudement après.

C'est en ce public si avisé et si vibrant, que Grillparzer mit toute son espérance lors de la mise à l'étude de *Sapho,* paraissant deux ans après l'*Aïeule,* et sa foi fut non moins inébranlable en la puissance dramatique de la Schrœder. Il savait que non seulement elle ne trahirait aucune de ses intentions de poëte, mais que la plénitude de son jeu et la majesté plastique de ses mouvements infuseraient la vie à son héroïne. Il allait voir l'artiste presque journellement et plus souvent encore pendant les jours qui précédèrent la représentation, non pour lui donner des conseils, mais pour puiser chez elle courage et confiance. le jeune auteur de 30 ans commençant déjà à souffrir de ce pessimisme artistique qui, plus tard, devait envenimer tous ses efforts et lui faire abandonner la lice.

Quelques heures avant la première, Grillparzer se trouvait encore sur le petit canapé à fleurs du salon de Sophie, tandis que les affiches de la *Sapho* s'étalaient sur tous les murs attirant les curieux qui faisaient cercle autour, et que les amateurs de théâtre suivaient impatiemment des yeux les aiguilles de leurs pendules. Le poète regardait la comédienne arranger, avec l'aide de Mlle Babette, des étoffes, dans le grand panier qui lui servait de garde-robe.

— Mais, mon cher maître dit soudain l'actrice en se plaçant devant lui et en rejetant la tête en arrière, d'un mouvement qui lui était familier, je n'ai plus que faire de vous.

— Vraiment ? fit le poète, et il leva vers elle ses beaux yeux bleus suppliants. Puis, d'un ton résigné : — Alors il me faut partir.

Grillpazer se leva en poussant un soupir, prit son chapeau et soupira de nouveau.

La Schrœder lui tendit la main.

— Je pars, dit-il en considérant cette main, mais — vous savez que je déteste le baise-main — je dois vous baiser la main. Si j'étais berlinois, je dirais que votre main est spirituelle, mais, en bon Viennois, je vous dis seulement : vous avez des menottes affriolantes.

Il porta la main, qui paraissait sculptée dans de l'ivoire, à ses lèvres et partit.

A peine la Schrœder se trouva-t-elle seule, qu'on frappa à la porte.

La vieille comédienne, Mme Muller, entra timide- ment.

— Mon Dieu, vous allez m'en vouloir de me pré- senter au moment d'une première. Je sais que ce n'est pas agréable et qu'on n'aime pas cela. J'ai été moi-même dans ce cas. Mais vous me pardonne- rez, quand vous saurez que j'ai été bien malade et que je le suis encore, mais, quand j'ai appris qu'on jouait aujourd'hui une pièce nouvelle de l'auteur de l'*Aïeule* et que c'est vous, divine Schrœ- der, qui créiez *Sapho*, je suis sautée de mon lit et accourue. Il faut que je vous voie jouer, il le faut. Ayez pitié de moi, donnez-moi une carte pour la galerie.

La vieille levait des mains suppliantes.

— Rassurez-vous, vous me verrez jouer, ma chère Muller, mais, avant tout, prenez une tasse de café bien chaud, cela vous fera du bien.

La Schrœder força sa vieille camarade à prendre place sur le canapé, et la servit de ses propres mains.

Pendant qu'elle était assise à humer le breuvage réconfortant et qu'un sourire de bonheur épanouissait ses vieux traits ridés, la Schrœder terminait ses préparatifs tout en causant.

— Il est impossible que vous montiez à la galerie ce soir, je ne le permettrai pas. On s'y étouffera, vous pourriez vous trouver mal, la foule, la chaleur... Le parterre doit être comble également, vous ne pourriez vous tenir debout et les sièges doivent être tous loués.

Elle réfléchissait.

— Savez-vous quoi? je vous emmène dans les coulisses au lieu de Babette, qui trouvera une place à l'orchestre où on la connaît bien.

— Que vous êtes bonne !

— Et où en est l'argent? poursuivit la tragédienne. Nous autres artistes en manquons toujours. Ainsi, parlez franc. Que vous faut-il? La maladie a tout absorbé?

— Vous croyez cela? repartit la vieille en souriant. Oh non, je suis devenue très économe. Avec ce que je dois à votre générosité, je puis encore vivre le quart d'une année.

La Schrœder avait ouvert son porte-monnaie et éclata de rire.

— Voyez, dit-elle, joyeuse comme une enfant, je voulais vous gâter et ne possède rien moi-même. Vous êtes en ce moment plus riche que moi. Je donne à Babette ce qu'il lui faut pour tout le mois, une fois qu'elle l'a dans ses mains, je n'ai plus le droit d'y toucher; le reste passe par la fenêtre, je ne sais comment. L'important est que vous soyez momentanément à l'abri du besoin. Mais occupons-nous de l'avenir.

— Divine amie, si je pouvais entreprendre un petit commerce, un tout petit commerce, soupira la vieille actrice.

— Bon. Et combien faudrait-il? je n'en ai pas le moindre soupçon. Mille écus peut-être?

La vieille femme eut presque une frayeur.

— Mille écus ? s'écria-t-elle, le dixième suffirait. Cent écus.

— Vous les aurez, assura la Schrœder. Mais j'entends le vacarme de notre arche de Noé. Babette, donne-moi ma pelisse.

D'un geste rapide, elle glissa dans la chaude fourrure et descendit majestueusement les marches de l'escalier. La vieille Muller suivit, toujours enveloppée de son fichu.

Le Burgthéâtre était plein à s'étouffer, jusque dans les plus petits recoins. Un public de choix attendait avec une impatience fébrile le lever du rideau. Au premier rang, se tenait, à sa place accoutumée, Félicien Wasilewski, en proie à une agitation extraordinaire. Il se levait, se rasseyait, couvrait son visage de ses mains et déchirait son mouchoir de poche en mille petits morceaux. Enfin, la pièce commença. Le premier acte se passa dans l'habituel mouvement d'une salle trop pleine. Mais les mots du chœur : « Salut ! Sapho, Salut ! » eurent un effet magique. Il se fit un profond silence et tous les regards se tournèrent vers Sophie, faisant son entrée sur un char de triomphe, comme un être que la nature a créé pour dominer.

Les modes gréco-romaines de ce temps permettaient à l'artiste une liberté d'habillement, telle que, de nos jours, on ne la concède qu'aux chanteuses d'opérettes. Une ample draperie blanche, retenue sur l'épaule par une agrafe en or massif, suivait de près le contour ferme et élastique des seins, laissant à découvert des bras superbes. Du côté gauche, tombait, le long de la hanche, un manteau écarlate brodé d'or. Séparée, au milieu du front, l'opulente chevelure se déroulait en anneaux le long des tempes et, retenue par un bandeau blanc tissé d'or formait un nœud de boucles sombres, qui retombaient sur la nuque.

Félicien tressaillit en la voyant ainsi. Elle lui sembla presque terrible. Dans la majesté de ses formes, il y avait une puissance presque violente qui le terrassait, et son pied délicat chaussé de sandales d'or appelait son baiser plus impérieusement que jamais ne l'avaient fait la main blanche ou les lèvres rouges d'une femme. Mais, quand elle commença de parler, quand sa voix merveilleuse résonna, pareille tantôt à un son de cloches, tantôt à un murmure de harpe, lorsque dans chaque mouvement s'exprima la grande âme de la poétesse adorée du peuple et souveraine des cœurs rentrant victorieuse des jeux olympiques, Sapho lui parut être la divine Sophie elle-même, la femme fière et dominatrice, despotique en amour, comme en art. Il sentit alors combien follement il l'aimait, mais aussi à quel point le courage lui manquerait de jamais lui demander ses faveurs.

Grillparzer et Sophie fêtèrent ce soir un triomphe complet et qui ne devait être surpassé que plus tard, lorsque, en Médée, la Schrœder pétrifia littéralement son auditoire par le mot trois fois répété : « Malheur » !

C'est surtout à la tombée du rideau que les applaudissements devinrent délirants et, pendant que Sophie se voyait contrainte de paraître et de reparaître indéfiniment, le Polonais, saisi d'une idée subite, enjamba la rampe de l'orchestre et fut en quelques instants dans la rue.

Mˡˡᵉ Babette était, comme toujours, rentrée la première à la maison, afin de s'occuper du thé que Sophie aimait à trouver tout fumant sur la table. Elle haletait en montant les marches de l'escalier et tâtonna en cherchant le trou de la serrure. Soudain, une main glacée s'empara de la sienne et elle sentit une ombre se dresser près d'elle.

Mlle Babette en éprouva une telle frayeur que la voix lui manqua pour crier. En ces temps de romantisme et d'histoires de brigands, l'apparition d'un revenant était, pour une imagination exaltée par les pièces de théâtre et les romans, quelque chose de tout naturel.

La gouvernante tremblait de tous ses membres et menaçait de s'évanouir. Heureusement, une formule pour conjurer les esprits lui revint en mémoire, et elle murmura d'une voix étouffée par l'angoisse :

— Tous les bons esprits louent le Seigneur.

— Je suis un très bon esprit, répondit une voix douce, et le Seigneur que je loue, s'appelle Sophie Schrœder.

— Qui êtes-vous? questionna Fräulein Babette légèrement rassurée, et que me voulez-vous à cette heure ?

— Ouvrez d'abord, poursuivit l'invisible visiteur, et faites de la lumière, je m'expliquerai ensuite.

— Mais je ne puis vous laisser entrer, soupira Mademoiselle, vous êtes peut-être....

— *Rinaldo Rinaldini* ou *Jaromir* en personne ? railla le noctambule. Tranquillisez-vous, je ne suis ni un brigand, ni un démon de l'enfer, ni même un simple revenant, seulement un enthousiaste adorateur de la divine Schrœder et de son talent.

— Et vous venez si tard...

— Je le sais bien, mademoiselle Babette, mais il me faut vous parler, à vous seule. Ouvrez, au nom du ciel, sans quoi Sapho va revenir et tout serait perdu.

Mlle Babette, se laissant enfin convaincre, ouvrit et chercha du feu. A la lumière douteuse d'une chandelle, elle reconnut le Polonais. Il se tenait devant elle, moitié gêné, moitié railleur, enveloppé d'un long manteau et tenant à la main une magnifique couronne de lauriers.

— Ah ! c'est vous, dit-elle. Et vous désirez que je remette cette couronne à la Schrœder ?

Elle étendait sa maigre main, pour la prendre.

— Certainement, je le veux, mais ce n'est pas tout ce que j'ai à vous demander.

— Parlez vite, car elle va venir, et il faut qu'elle trouve son thé prêt, sans quoi elle se fâchera.

— Laissez-le-moi faire. Nous autres Polonais nous y entendons à la perfection. Je serai si heureux que la grande Sapho bût, ce soir, du thé préparé de ma main.

— Nous n'avons pas le temps...

— Plus qu'il ne faut.

Babette secoua la tête, puis se hâta de chercher ce qu'il fallait.

— Au moins, entrez dans ma chambre, continua-t-elle, afin que je puisse vous faire sortir inaperçu. Par ici, monsieur le Comte.

On donnait, en ce temps, le titre de comte à tous les Polonais indistinctement.

Le jeune homme obéit et fit montre d'une véritable virtuosité à composer le breuvage ambré.

Mlle Babette ne revenait pas de son étonnement. Tout en manipulant le samovar, il s'entretenait avec la gouvernante.

— Donc, chère Mademoiselle, vous lui remettrez la couronne ?

— Certainement.

— Et vous lui exprimerez toute ma fervente admiration pour son rôle d'aujourd'hui ?

— Oui. monsieur le Comte.

— Elle a été insurpassable.

— Grandiose !

— Vous comprenez donc que je vénère votre maîtresse.

— Je m'étonnerais du contraire.

— Et vous comprenez que je l'aime, que je suis forcé de l'aimer, de l'adorer?

— Si j'étais homme, je ferais comme vous.

— Par conséquent, ma chère, ma bonne, mon angélique Mademoiselle, procurez-moi quelque chose que Sophie Schrœder ait porté, et si ce n'était qu'un simple ruban ayant reposé sur sa divine poitrine, je le conserverais comme un fétiche, un talisman, aussi longtemps que je vivrais et jusqu'à l'heure de ma mort.

— C'est ce que je ne puis pas, monsieur le Comte.

— Vous ne pouvez pas? se récria le Polonais. Et me laisser mourir, sans une consolation, sans un réconfort, cela vous le pouvez?

— Mais que voulez-vous que je vous donne?

— Ce que vous voudrez.

— Il n'y a pas un seul objet dont elle puisse se passer.

Le Polonais, qui avait fini de préparer le thé, saisit le flambeau avec une hâte fébrile, et se dirigea d'un pas rapide, à travers les salles, jusqu'à

2*

la chambre à coucher de la tragédienne. Là il s'arrêta avec un tressaillement d'extase et regarda autour de lui avec émotion.

— Que faites-vous ? s'écria Babette qui l'avait suivi épouvantée, ne savez-vous pas que c'est ici un sanctuaire que le pied d'aucun mortel n'est autorisé à fouler ?

—Laissez-moi jouir de ce moment divin, repartit le Polonais avec feu. C'est derrière ces rideaux que repose ce corps divin et, ce tapis, son pied l'effleure journellement !

Il s'agenouilla et baisa le tapis. En se relevant, il tenait à la main une pantoufle, qu'il brandit triomphalement.

— Vous vous demandez ce que vous allez me donner ? chère, délicieuse Babette, donnez-moi cette pantoufle de l'immortelle, vous ferez de moi le plus heureux des mortels.

— Cette pantoufle moins que toute autre chose, repartit Babette, elle va rentrer et voudra la mettre.

— Plus jamais elle ne la mettra, s'écria l'amoureux d'un ton résolu.

En vain, l'excellente fille fit tous ses efforts pour la lui reprendre, le jeune homme échappait sans cesse à sa poursuite et elle dut lui faire la chasse, à travers toute la série des chambres, jusque dans la cuisine. Là, le Polonais prit son manteau, mit son chapeau et voulut sortir, mais Mlle Babette le retint, nouvelle Putiphar, par le pan de son manteau.

— Seigneur Dieu ! gémit-elle, vous ferez encore mon malheur. Je ne vous laisserai point partir, monsieur le Comte, que vous ne m'ayez rendu la pantoufle.

— Je ne la rendrai qu'avec la vie.

— Êtes-vous donc tout à fait fou ?

— Je vous en donne son poids d'or, fit l'exalté en tirant de sa poche, sa main pleine de ducats qu'il jeta sur la table.

— Non, non, cria la malheureuse gouvernante avec angoisse, je ne veux pas de votre or, je ne prends point d'argent, je veux la pantoufle !

— Ayez pitié, donnez-la-moi !

— Pourquoi donc vous faut-il absolument cette pantoufle ?

— La pantoufle de Sapho, reprit le gentil-homme avec solennité, pour y imprimer chaque jour mes lèvres, à l'endroit qu'a touché son doux pied.

— Mon Dieu, tout cela est bien bel et bon, soupira Mlle Babette, les chevaliers et les nobles brigands en agissaient ainsi ; mais, si la pantoufle manque, je suis perdue. Rendez-la-moi.

— Babette, céleste Babette, pouvez-vous être assez cruelle pour m'arracher l'objet de mon adoration ?

— Oui, je suis assez cruelle... dit-elle en souriant, le rôle de cruelle lui plaisait évidemment.

— Même, si je vous implore à genoux ?

Le jeune homme s'était jeté à ses pieds et levait la pantoufle d'un air suppliant.

— Mais, mon Dieu, que faites-vous donc ?

Au même instant, la porte s'ouvrit, on perçut un froissement de jupes, Babette poussa un cri et le Polonais, bondissant sur ses pieds, demeura comme pétrifié.

La Schrœder venait de paraître sur le seuil. Elle portait encore le bandeau tissé d'or autour de sa tête et le péplum blanc de Sapho. Elle n'avait quitté que son manteau, le remplaçant par sa chaude pelisse.

Sophie se présentait la tête haute, dans toute sa majesté, ses formes opulentes et son bras robuste entourés de la sombre fourrure, comme sur l'image fameuse que nous possédons d'elle.

*
* *

Un regard, un éclair de ses yeux qui eut relégué dans l'ombre toutes les impératrices et les princesses régnantes que les Viennois avaient eu récemment le loisir d'admirer au grand Congrès, et le jeune enthousiaste se trouva à genoux.

Elle fit deux pas en avant et s'arrêta, comme une souveraine devant un esclave qui s'est attiré le plus terrible châtiment. Les yeux de la tragédienne le fixèrent un moment, puis, se tournant vers Babette :

— Que se passe-t-il ? questionna-t-elle. Comment Monsieur se trouve-t-il dans ma demeure ? et qui l'a autorisé à y pénétrer ?

Mlle Babette, rouge jusqu'aux oreilles, se tenait, les jambes tremblantes, comme une pécheresse.

— Il... je... parce que... balbutia-t-elle.

— Je demande une réponse. Qui a fait entrer Monsieur ?

Wasilewski se releva.

— Ne la grondez pas, dit-il, elle ne pouvait faire autrement. Mon enthousiasme pour vous, Madame, a triomphé de ses résistances. Je suis le seul coupable, le seul.

— Vous avouez donc?

— Je ne nie point, je demande grâce.

— Vous reconnaissez votre faute?

— Grâce !

L'actrice ne put s'empêcher de sourire.

— D'abord l'instruction et la sentence. La grâce ne vient qu'ensuite.

— Oui, punissez-moi, supplia le gentilhomme d'une voix tremblante d'amour et, un peu aussi, de crainte. Punissez-moi cruellement, le châtiment même que vous m'infligerez, me sera une joie et une consolation.

— Avant tout, je désire savoir ce que vous vouliez de ma fidèle Babette et pourquoi vous lui avez offert de l'argent.

— Je l'ai priée, répondit loyalement et simplement le jeune homme, de me donner la pantoufle de Sapho et, comme elle me la refusait et cherchait à me l'arracher, je lui ai offert...

Il se tut en baissant les yeux.

— Une poignée d'or pour une vieille pantoufle? railla la Schrœder, tandis qu'un charmant sourire éclairait son austère visage. Mais où donc est ce précieux objet ? Je suis lasse et en ai besoin pour me reposer...

— Oserais-je vous prier de me laisser gracieusement ce que Mlle Babette m'a si impitoyablement refusé ?

— Quelle valeur attribuez-vous donc à cette pantoufle ? questionna la tragédienne, s'égayant de plus en plus.

— Je ne puis vous dire cela ici...

— Suivez-moi donc au salon, dit Sophie, qui commençait à s'amuser royalement de la situation. Là, vous me donnerez l'explication de votre singulier désir.

Elle passa devant, avec l'allure d'une souveraine, et il suivit docilement, comme un enfant ou un fol amoureux. La Schrœder alluma les bougies d'un candélabre en argent qui se trouvait, sur une console dorée, devant un trumeau, et se laissa choir, avec cette majesté qui sied mieux aux femmes opulentes que la grâce aux maigres, sur le canapé, et indiqua un siège à son hôte, d'un geste plein de noblesse.

— Vous vous nommez ?...

— Félicien Wasilewski.

— Donc monsieur Wa... comment dites-vous ?

— Wasilewski.

— C'est un nom difficile. Wasilewski, est-ce bien cela ?

Le Polonais s'inclina.

— Et ce serait réellement le seul désir de vous approprier ma pantoufle, qui vous aurait fait pénétrer à une heure aussi insolite dans mon domicile?

— Je vous ai vue dans tous vos rôles. A chaque création nouvelle, grandissait mon admiration pour la grande tragédienne, maîtresse de toutes les cordes du clavier humain, et mon adoration pour la belle artiste...

— Je ne suis pas belle, Monsieur.

— Pour moi, vous êtes belle, et si vous ne l'êtes point, le sentiment que vous inspirez à mon cœur est encore cent fois plus idéal et plus sacré, puisqu'il vous rend belle, plus belle que toutes les femmes de la terre. Je vous aime.

— Monsieur !

— Pardonnez-moi, je ne puis faire autrement. Ce n'est point un enivrement de mes sens, un aveuglement de mon esprit, je dois vous aimer comme je dois respirer... pour vivre.

Cette fois, la Schrœder baissa son regard altier.

— Monsieur, je serai sincère : l'intérêt que vous

me portez a cessé, depuis longtemps, d'être un mystère pour moi. Vous l'avez exprimé si souvent, d'une manière aussi chevaleresque que délicate, mais je n'y voyais qu'un hommage à la tragédienne...

— C'est plus, beaucoup plus, c'est tout ce qu'un cœur d'homme peut éprouver pour une femme...

— Nous parlions de ma pantoufle, interrompit la jeune femme.

— Oui... c'est vrai... en effet. Écoutez-moi donc. J'étais rempli d'admiration pour vous, je vous adorais, vous seule. Vint la soirée d'aujourd'hui. Je vous vis dans votre nouveau rôle et fus saisi d'un enthousiasme, d'un saint délire, qui me poussa à enfreindre toutes les règles des convenances et à déposer à vos pieds une couronne de lauriers, en vous dérobant, en échange, un objet quelconque qui vous eût servi, et si ce n'était qu'un ruban. J'aperçus votre pantoufle...

— Vous avez pénétré dans ma chambre à coucher? interrompit l'actrice en fronçant les sourcils.

— Pardonnez-moi, supplia le jeune homme.

En prononçant ces mots, son regard avait une expression si enfantine, si sincère, sa main s'empara de celle de l'actrice avec une passion si convaincue, qu'elle ne se sentit pas le cœur de lui garder rancune.

— Je vous pardonne, dit-elle.

— Et... vous me permettez de vous dire... que je vous aime...

— Non, pas cela.

— Vous me condamnez au silence?

— Je vous y condamne.

— Vous êtes cruelle.

— C'est la première fois qu'on me dit cela. Cruelle est la femme qui attire en souriant un homme dans ses filets pour, ensuite, s'en moquer et s'amuser de son tourment. Je ne suis pas une coquette, Monsieur, et l'on n'a jamais pu se plaindre que de ma franchise et de ma loyauté. Ne pas entretenir une vaine espérance, n'est pas cruel mais honnête.

— Je sais, Madame, que vous possédez cette loyauté de caractère, si rare dans le monde du théâtre, et je sais aussi que vous êtes vertueuse.

— Oui et non, repartit l'actrice avec un sourire. Selon moi, la vertu ne consiste pas dans les principes, mais uniquement dans l'amour. Une femme qui, par amour du lucre et du luxe, accorde sa main à un homme qu'elle n'aime point, n'est pas moins vicieuse que Phryné qui vend ses faveurs. Le calcul est aussi répugnant que le dévergondage. En revanche, une jeune femme qui aime sincèrement, est toujours vertueuse, qu'elle offre ses lèvres roses au baiser dans une chambre nuptiale somptueusement décorée, ou sous les tilleuls et sur la bruyère, ainsi que chante le poète d'amour, Walther de la Vogelweide.

— Je vous comprends.

— Me comprenez-vous tout à fait?

— Je le crains.

— Reparlons de la pantoufle.

— Non, parlons du sentiment qui me domine et me remplit, qui me fait tressaillir au son de votre voix, au moindre froissement de votre robe. Ne croyez pas que je sois assez téméraire pour oser espérer être payé de retour. Je serais trop heureux déjà, de pouvoir, journellement, vous mettre et ôter vos souliers, et vous offrir mon bras pour monter dans votre carrosse...

— De tels rapports sont impossibles, déclara la jeune femme d'un ton ferme, du moins en ce qui me concerne. Une coquette prendrait sans doute quelque plaisir à recevoir ces hommages, et s'en ferait un jeu. Mais moi, je ne me sens pas capable d'occasionner des tourments que je ne pourrais apaiser, les augmenter, me paraîtrait indigne de moi. Je suis sincère, monsieur Wasilewski. Vous m'intéressez, mais je ne puis être à vous. C'est pourquoi, il faut nous séparer. Vous voulez être mon esclave? Je suis fort capable de réduire un homme en esclavage, mais un homme que j'aimerais et que je pourrais rendre heureux.

— Vous avez raison, soupira Wasilewski après un long et douloureux silence. Je dois vous fuir. Je vous aime de toute la folle ardeur d'un cœur innocent, mais votre compassion me serait intolérable. Une femme cruelle peut seule renoncer à l'amour, et vous, vous êtes bonne. Je me ressaisirai, je ne vous verrai plus. Je retournerai dans ma patrie et tâcherai de vous oublier, mais — un sourire d'enfant éclaira sa tristesse — il faut que vous me donniez un talisman, divine Sapho, votre pantoufle.

— Et pourquoi justement ma pantoufle?

— Il est d'usage, dans mon pays, lorsqu'on aime et qu'on veut offrir le suprême hommage à une femme, de lui dérober son soulier et d'y boire à sa santé, répondit le jeune homme avec un sérieux atteignant presque à la solennité. Je baiserai journellement l'endroit qu'a touché votre pied.

La grande Schrœder s'abîmait dans les réflexions. Autour de ses lèvres, se jouait comme de l'espièglerie.

— Bien, monsieur, dit-elle enfin, je vous fais cadeau de la pantoufle.

— Comment vous remercier ? s'exclama le jeune homme en lui prenant la main et en la couvrant de baisers.

— Ecoutez la suite. Vous offriez à Babette une poignée de ducats pour cet objet ?..

— En effet.

— Si vous étiez prêt à payer d'une telle prodigalité une vieille pantoufle usée, que donneriez-vous pour le pied même de Sapho ?

— Le pied ! comment cela ?

— Ecoutez-moi jusqu'au bout. J'ai ici une pauvre comédienne qui se nomme Muller, une artiste de mérite et une excellente femme. Actuellement, elle meurt de faim et de froid et est presque toujours malade.

— Je devine, cette mendiante...

— Elle-même. Vous la rendriez heureuse en lui donnant les moyens d'entreprendre un petit commerce, et c'est pourquoi je vous demande, à vous qui offriez de l'or pour baiser la pantoufle de Sapho, combien vous donneriez pour baiser son pied même ?

La bienfaisante artiste, en un caprice olympien, avait eu cette charmante pensée ; mais, à l'instant où elle la formulait, elle en eut honte, rougit et baissa les yeux. Wasilewski ne lui laissa pas le temps de se reprendre.

— J'offre ma fortune entière pour une telle faveur.

— Vous prenez ma folle idée au sérieux ?

— Ne reprenez point votre parole, je vous en supplie.

— Eh bien, soit, fit la Schrœder en retrouvant son sourire. Vous pourrez me baiser le pied, mais...

— Je vais vous faire un écrit...

— Non, non, interrompit la tragédienne, je n'accepte qu'une somme pouvant tirer de souci ma pauvre Muller et dont vous puissiez facilement vous passer, car je vous sais riche.

— Je suis à vos ordres.

— Peut-être cent ducats ?...

Le gentilhomme se précipita dans la chambre voisine où il avait remarqué la présence d'un écritoire, et rapporta à la tragédienne une feuille couverte de sable d'or. Elle la parcourut. C'était un chèque de 500 ducats. Sophie plia la feuille lentement, très lentement, et la cacha dans son sein palpitant, tandis qu'une rougeur révélatrice montait de ses joues à son front et, bientôt, couvrait son visage tout entier. Enfin, rejetant avec décision, sa fière tête en arrière :

— Il le faut, dit-elle. Avec ces mots, toute sa sérénité rayonnante de déesse lui revint.

— Venez, prononça-t-elle de sa voix sonore. Elle alla brusquement au fauteuil le plus proche, s'y laissa tomber et, avant que son adorateur eût compris son intention, elle rejeta sa sandale et dénuda son pied, d'une forme aussi parfaite que n'importe quel marbre antique.

— Ici, commanda-t-elle.

Wasilewski vit briller le pied sous la sombre fourrure qui enveloppait les divins membres de l'artiste, et tressaillit.

— Eh bien, vous ne voulez pas le baiser ? dit-elle avec un sourire enchanteur. Elle était vraiment belle, en ce moment.

Le jeune homme se prosterna devant elle et pressa ses lèvres brûlantes sur le marbre glacé qu'elle lui présentait, une fois, deux fois. Puis il mit son front contre terre et, avant qu'elle n'eût pu l'empêcher, saisit le pied et le posa sur sa nuque.

— Laissez-moi être votre esclave, pour toujours.

La Schrœder retira vivement son pied.

— Levez-vous, ordonna-t-elle. Vous ne pouvez pas être mon esclave.

— Non, non, je ne dois pas.

Il restait toujours à genoux et la contemplait en extase. Enfin, il revint à lui, baisa une fois encore, avec une tendresse passionnée, le pied de Sapho et sortit précipitamment.

Sophie Schrœder demeura immobile, le front appuyé dans sa main, et perdue dans ses pensées.

⁎

Félicien Wasilewski est mort, il y a quelques années, dans ses terres de Pologne. Il avait atteint un grand âge et ne s'était jamais marié.

Ses héritiers découvrirent, parmi toutes sortes d'objets précieux, un coffret d'ébène incrusté d'ivoire, où se trouvait une vieille pantoufle fanée. Le premier étonnement passé, ils s'en amusèrent, et n'en parlent jamais qu'en riant.